U0500472

文学小史

许啸天／著

民国小史丛书

知识产权出版社
全国百佳图书出版单位

图书在版编目（CIP）数据

文学小史/许啸天著. —北京：知识产权出版社，2018.1
ISBN 978-7-5130-5217-7

Ⅰ.①文… Ⅱ.①许… Ⅲ.①中国文学—古典文学研究 Ⅳ.①I206.2

中国版本图书馆 CIP 数据核字（2017）第 257227 号

责任编辑：邓　莹　　　　　　　　责任校对：谷　洋
封面设计：张　冀　　　　　　　　责任出版：刘译文

文学小史

许啸天　著

出版发行：	知识产权出版社有限责任公司	网　　址：	http：//www.ipph.cn
社　　址：	北京市海淀区气象路 50 号院	邮　　编：	100081
责编电话：	010-82000860 转 8346	责编邮箱：	dengying@cnipr.com
发行电话：	010-82000860 转 8101/8102	发行传真：	010-82000893/82005070/82000270
印　　刷：	三河市国英印务有限公司	经　　销：	各大网上书店、新华书店及相关专业书店
开　　本：	880mm×1230mm　1/32	印　　张：	3.375
版　　次：	2018 年 1 月第 1 版	印　　次：	2018 年 1 月第 1 次印刷
字　　数：	40 千字	定　　价：	20.00 元

ISBN 978-7-5130-5217-7

再版前言

　　民国时期是我国近现代历史上非常独特的一段历史时期，这段时期的一个重要特点是：一方面，旧的各种事物在逐渐崩塌，而新的各种事物正在悄然生长；另一方面，旧的各种事物还有其顽固的生命力，而新的各种事物在不断适应中国的土壤中艰难生长。简单地说，新旧杂陈，中西冲撞，名家云集，新秀辈出，这是当时的中国社会在思想、文化和学术等各方面的一个最为显著的特点。为了向今天的人们展示一个更为真实的民国，为了将民国文化的精髓更全面地保存下来，本社此次选择了一些民国时期曾经出版过的、书名中均有"小史"字样的图书，整理成为一套《民国小史丛书》出版，以飨读者。

这套《民国小史丛书》涉及文学、艺术、历史、哲学、政治、经济等诸方面，每种图书均用短小精悍的篇幅，以深入浅出的语言，向当时中国的普通民众介绍和宣传社会思想各个领域的专门知识。这套丛书通俗易懂，可读性强，在专业知识和理论的介绍上丝毫不逊于大部头的著作，既可供大众读者消闲阅读，也可供有专门兴趣的读者拓展阅读。这套丛书不仅对民国时期的普通读者具有积极的启蒙意义，其中的许多知识性内容和基本观点，即使现在也没有过时，仍具有重要的参考价值，因此也非常适合今天的大众读者阅读和参考。

　　本社此次对这套丛书的整理再版，基本保持了原书的民国风貌，只是将原来繁体竖排转化为简体横排的形式，对原书中存在的语言文字或知识性错误，以"编者注"的形式加以校订，以便于今天的读者阅读。希望各位读者在阅读本丛书之后，一方面能够对民国时期的思想文化有一个更加深刻的了解，另一方面也能够为自己的书橱增添一种用于了解各个学科知识的不可或缺的日常读物。

目 录

Contents

中国文学
发源史

照字义讲起来：文，便是文饰，又是文理；但文饰必有他所饰的物，文理也必有他所托的物，那么，文是离不了实质的。非但实质，尤其是精神的。所以我们今日濡笔为文，或开卷读文，先要问问他有没有内在的寄托。内在的寄托是什么？便是情感。情感愈丰富的，他的文学价值愈高——便是所谓"内心的逼迫""内在的充实"——文字，是躯壳；情感，是灵魂。

情感的最高潮点，是艺术；他的对方面，是科学。科学能供给全人群肉体上的各种需要，而艺术却能得到精神上的安慰。人生在世，精神与肉体是要使他平均发展的；倘然仅发展了一方面，而他一方面便要感受痛苦。尤其是情感，具有极大魔力，极大威权。——譬如军队在暴动的时候，倘有人能用极真挚的情感，极深刻

中国文学
发源史

的表示（或歌哭或语言），那全军立刻能感受你的态度而给与你同情心；或人在病苦危急的时候，只须你真能用情感，竟可以使他视死如归，顿忘痛苦。试问科学的力量如何？——但他的表现，第一步是色，第二步是音，第三步才是文。——色，是内心表现的初步；音，是帮助色的；而文是记录这色与音的。

所以凡是可以安慰人生的各种动作、声音，没有不受情感支配的；最大的安慰，最深的情感，便是"相视而笑，莫逆于心"，又说"脉脉含情"。这是何等深挚的情感？何等的富于文学兴味？所以文学的责任，一方面是求内心的抒发，一方面是得情感的安慰。不是受内心逼迫的，大可以不写；不能安慰情感的，大可以不读。

但是中国人眼中的文学界说，大多是不清楚；尤其是在两汉以前，《论语》说："文学，子游、子夏。"又说："博我以文，约我以礼。"大概他把文学二字去概括一切学问说的。《韩非子》说："主有令，而民以文学非之。……此出❶之所以多文学也。"这文学二字，竟成了学者的代名词。《荀子》说："被文学，服礼义，为天下列士。"这个文学，又是专指儒家的六经了。这种种都没有找出文学的真面来。这第一原因，果然由于中国古代人对于学术没有如今人的能用科学分析方法，一一加以确定的名称；第二原因，实在因为周秦诸子的作品，不但是学术思想臻于极点，便是他在文学上的价值，也有不可磨灭的地方。直至今日，往往有许多文学的领域里，依旧容许诸子的哲学作品

---

❶ "出"，当为"世"之误。——编者注

占据一席地而不忍割弃他。——严格说起来，这是不正当的。——这不独是中国，在西洋古希腊文学家，也把历史家希罗多德所作的史传，与政论家狄摩西尼的辩论文，都采入为古代散文的代表；而思想家柏拉图及芝诺芬尼等人，也居然拦入了古希腊文学史界中的重要席位。所以在中国最近的所谓中国文学史作品中，很多很多把《礼》《易》《书》《春秋》及《战国策》等，算是中国古代文学作品的；又把孔、孟、荀、卿、老、墨、庄、韩等人，硬加上文学家头衔的。

这个理由，郑振铎的《文学大纲》上也说过：

如果有人编著中国古代的文学史，他于叙述《诗经》与《楚辞》以外，对于几国历史家与哲学家的著作，也必定会给以很详细的

记载；因为这些历史家与哲学的著作，不惟在历史与哲学上，有他们自己的很高的地位，即在文学上，也有他们的不朽的价值与伟大的影响。如《左传》，如《战国策》，如《孟子》，如《庄子》，如《列子》，他们在文学上的影响，实不下于《诗经》与《楚辞》。他们的隽利而畅达的辩论，秀文而独创的辞采，俊捷而动人的叙写，给了后来的文学者以言之不尽的贡献；即到了现在，还有无数的人，把他们拿来当文学的课本。

　　　　　　——《中国最初的历史家与哲学家》

　　这种论调，我是不赞同的。——我在啸天讲学社讲中国文学史，对于先秦文学一项，只有五个讲题：（一）南北方文学的来源；（二）古逸诗；（三）北方文学的结晶《诗经》（我在讲词中声明，《诗经》是短篇的史诗，还不是纯文学作品）；（四）南方文学的结晶《楚辞》；（五）古代神话的传说。而绝不提起六经与诸子。——但为研空中国的文学习惯，所以爱将六经的史学作品，与诸子的哲学作品，拉在文学的园地里的原因，据我看起来，有三方面可以说：

（一）先秦，是中国学术的黄金时代，不说他的思想，不说他的学问，只说他文学的技能，确有超出中古、近古的所谓纯文学作品的地方。孔子的写六经，是要寄托他的微言大义；诸子的写专集，是要宣传他的哲学思想。他们都无意为文，而竟到了文学极高的境地，这是自然的因果。文学惟一的条件，是美；而美的立脚点，是真。孔子与诸子的写文，是自动的，是受内心逼迫的，是有高深的学理的；在不知不觉中，表露出他情感的真来，充实的美来。人只见他辞句的美，而却忘了他内

❶ "空"，疑为"究"之误。——编者注

在的精神。再说当时学术与文学不分科的时代，历来又是以研究思想为功利的大障，是无怪以别人苦口婆心宣传思想的作品，被后人作为文学的欣赏品了。

（二）打开一部希腊文学史，有什么神话诗人，什么荷马史诗，什么 Elegos 与 Jambos 的寓言，什么希腊戏剧，什么希腊散文，什么 Longos Lukianos 小说等等。不说别的，只说荷马的两首叙事诗，何等委婉而茂美！灿烂文学之花，早已遍种于西方；但我们东方中国古代文学之园，却是"宫花寂寞红"。我不信这样一个古国，竟至开不出文学之花的么？——在无文化的印度、非洲，也有他古代文学的传说。——这里面有两种原因，正如鲁迅先生所说："一者，华土之民，先居黄河流域，颇乏天惠，其生也勤，故重实际而黜玄想，不更能集古传以成大文。二者，孔子出以修身齐家治国平天下等实用为教……"——《中国小说史略》——在这个环境之下，古代文学不但没有发展的希望，便是本有的，也许被那班道学先生抹杀了，使得后人要铺叙中国古代文学的，除《诗经》《楚辞》以外，实在没有材料可找。太冷落了！太稀疏了！没奈何，胡乱杂几个哲学界的、史学界的，到文学界里去帮帮场面。

（三）先秦以后的文学产物，真是"一代不如一代"了！两汉的辞赋，六朝的骈骊，明清的八股，不但是争一字之微，竞一韵之巧；而他所寄托的，空洞无物，莫说是思想、学问、艺术，简直文不成文，一大篇死字的陈列场！回过身来，看看先秦时代的作品，不但是陈义精妙，且是趣味隽永。因此，不论他的背景是什么，便一例拿他当文学作品欣赏起来。

所以从严格的说起来，六经的文章，可以称他为记叙文；诸子的文章，可以称他为学术文；而纯粹的艺术文，在周秦时代，只有屈原、宋玉几家的作品可以当得。后来荀子受了屈宋二家的影响，作《礼》《知》《云》《蚕》《箴》五赋，尤其是《成相》篇，完全注意在音韵的趣味上。接下去，便是汉朝的枚乘、东方朔、司马相如、刘向、扬雄一班辞赋大家，都含有浓厚的屈宋色彩；虽多无病而呻，比到骚体的文情并致，瞠乎其后，但他词句的古茂，却远胜于魏晋六朝丽靡纤巧的多多了。

因秦汉以前的文笔是不分的。——南北朝时称纯文学文为文，纯学术文为笔。《金楼子·立言篇》说："通圣人之经者谓之儒；屈原、宋玉、枚乘、长卿之徒，止于辞赋，则谓之文；今之儒，博穷子史，但能识其事，不知通其理者，谓之学；至如不便为诗如阎纂然，为章奏如伯松，若是之流，谓之笔；吟咏风谣，流连哀思者，谓之文。"尤其分得详细。——在中古时代以前的各方面作品，大都含有文学兴味的，在这《中学生文选》的上古部分，格外放宽一点，把经史诸子的代表作品，都选在里面。在这里，我先把各种作品和作家的历史，及性质，约略介绍几句在下面。

一、《诗经》。诗经在当时，只称诗，后因尊重孔子，凡是经过孔子编纂删改的，都加一个"经"字的尊称。《诗》的性质，多数人认为文学作品；但十六国风，完全是寄托在当时的社会历史背景上面的。他采诗的地域，拿今日的地理看来，全是在中国北方；大约是山西、陕西、河南、直隶、山东一带，最南至淮河

文学小史

及湖北的北部，所以称为北方文学。在竖的时间方面看，最早是《商颂》的《玄鸟》诗，直到战国时代，共有千余年的历史。据说在虞夏以后，政府中已设立采诗的官，到周朝时候，便由太师官掌管。到每年的正月，有一种名"行人"的，摇着木的铃，在街巷中巡行，采求民间的歌谣。平日又派有专职的人，在民间坐办采诗的事体；采得的诗，从各乡送到邑城里，又从各邑送集到朝廷里。当时帝王，每五年出外去一巡狩，和太史、太师同车，太师官便在这时候进献所采的诗歌。帝王一面读着诗歌，一面根据他考察民情风俗，又查问民生疾痛。所以说："王者不窥户牖而知天下。"但这个话，有几部分使我们不能相信的。最少，我以谓当时太师官所献的，决不是原来民间的本色的歌谣。我们今日读《诗经》，看他章节整齐，音韵和谐，又是回环赞诵，全是乐歌的性质；而民间文学，决没有这样的修饰工夫。便是现在各处乡调，大都是质朴的徒歌。——徒歌，是信口成腔，不但是词句粗率，不能合音节，且无数节回诵的格式。——后经文学音艺的修饰，不但使他词句典雅，还使他抑扬合节，便成了城市中的乐歌。《诗经》由民间而入于朝廷，从徒歌而进为乐歌；他的蜕变，也是一样的。所以《史记·孔子世家》中说："三百五篇，孔子皆弦歌之，以求合韶武雅颂之音。"这很显明的告诉我们，《诗经》已经文艺手段改造过的。

《诗》中有六义，是我们不可不知道的。一风，二雅，三颂，四赋，五比，六兴。前三种，是说他的性质；后三种，是说他的体裁。风，是说《诗经》所采入的民间歌谣，有十五国，称做十五国风，便是周南、召南、邶、鄘、卫、王、郑、

齐、魏、唐、秦、陈、桧、曹、豳。雅，又分小雅、大雅。据说，小雅是诸侯、士大夫的诗；大雅，是帝王的诗。颂诗，有周颂、鲁颂、商颂，全是祭祀享客时候颂扬功德的作品。郑樵说："列十五国风，以明风土之音不同；分大、小二雅，以明朝廷之音有间；陈周、鲁、商三颂之音，所以侑祭也。"这已约略说明了。至于赋比兴三种，全是关于诗的体裁的。赋，是直叙事意的诗；比，是始终把事意寄托在别的事物上；兴，是先用事物兴起本意的。鹤林吴氏说："赋直而兴微，比显而兴隐。"意思也大略相同。但是我们要注意《诗经》全书的价值，却在所谓十五国风里面；我们要探讨当时社会的现象，也惟有在《国风》中可以看见。因他既是民间的歌谣，多少可以听得真情悲欢的呼号声——其中除一部分情歌外，大都是苦于兵役苛政、阶级压力、生活不平的哭声。——像那《雅》《颂》两部的贵族文字，或用于祭祀宗庙的，或祷颂天神的，或是宴会的虚词，或是田猎的狂歌；看不见真实情感的，我们觉得不很愿意读他。

接着要说的，便是孔子删诗的问题。据司马迁《史记》说，古时原有诗三千余篇，经孔子删汰，只留三百零五篇。但后人大都怀疑于此一说的，第一个理由：孔子自己不曾说过删诗的话，这删诗是大事业，孔子既有此事，岂有不对他门弟子说及的？况且除《史记·孔子世家》以外，也没有别人说过孔子删诗的话。第二个理由，孔子既删诗，他是重名教的，何以不删郑卫的淫诗？《史记》明明说"可施于礼义"，淫诗如何可施于礼义？第三个理由，诗既有三千篇，孔子只留三百零五篇，竟删去了十分之九，照常理说起来，未免删得太多了。况且孔子所弃去的二千

文学
小史

七百篇诗，何以绝不见有他书中引用？且
春秋之世，诸侯八百，孔子既删诗，应当
就各国的诗平均删采，何以除十五国外竟
绝无他国的诗采入？这种种，都可以证明
孔子当时并无删诗，而《诗》的流传，也
只有这三百零五首。此外有六首笙诗，是
有声无字的。也许《诗》是经过孔子收集
编订过的，后世因尊重孔子，便有这删诗
的传说。我们只须看吴季札观鲁乐一篇，
那时《诗》的排列次序，与现在《诗经》
中一样的，更可以证明孔子以前的
《诗》，与孔子以后的《诗》，并没有什么
大变动。

　　关于传《诗》的统系，是起于秦始皇
焚书以后。在西汉时候，有《齐诗》《鲁
诗》《韩诗》三家，统称今文家。《齐
诗》，是从齐辕固生传出来的；《鲁诗》，
是鲁申培传出来的；《韩诗》，是韩婴传

出来的。其实，《诗经》在古时，是一种歌谣，民间口中唱熟了，耳中听熟了，便是烧去了书，也不能消灭他的。齐鲁韩三家的传诗，不过各人的解说诗义不同；对于诗的背景，各人看法不同。但三家都是今文家，他们都主张六经都是孔子托古自著的，《诗经》当然也不能在例外。但《齐诗》，在魏代已失传；《鲁诗》，在西晋时候亡去；《韩诗》传得最久，到北宋时候才亡去，在今日，我们只有一种《韩诗外传》可以看到。跟在三家诗以后的，还有一种《毛诗》。据说，他是从孔子的门弟子子夏传下来的；最后传给河间人大毛公，赵人小毛公。经汉代大儒郑玄，替《毛诗》作笺；唐代大儒孔颖达，替郑笺作疏。毛公的解说《诗经》方法，直到今日，还是存留。但《毛诗》是属于古文家的，古文家的看孔子的传六经，是古代所本有的，而孔子仅仅是加了一番搜集整理

的工夫，所以说他是"集大成"。——《诗经》也是里面的一种。

二、《楚辞》。楚国在战国时代，是后起的强国；他地方适当中国的南部。——长江流域的湖南、湖北地方。——一国地理的形势，民族的特性，都和他文学的风格有关。《楚辞》是用楚言楚声，记楚地楚物，一种集合的地方文学。虽说很多有后世文人摹仿的作品，但他的体裁，是创始于楚人，所以称他是南方文学。他是有丰富的情感，空灵的想象，幽婉的言词，自然的音韵，合于文学上的四个重要的条件。书中代表的作家，是一个屈原。汉班固说："始楚贤臣屈原，被谗放逐，作《离骚》诸赋，以自伤悼；后有宋玉、唐勒之属，慕而述之，皆以显名。"所以《楚辞》是当时一种诗歌的总集。现在王逸本的《楚辞》，有屈原作的《离骚》

《九歌》《天问》《九章》《远游》《卜居》
《渔父》七种；宋玉作的《九辩》《招魂》
二种；景差作的《大招》一种；贾谊作的
《惜誓》一种；淮南小山作的《招隐士》
一种；东方朔作的《七谏》一种；严夫子
作的《哀时命》一种；王褒作的《九怀》
一种；刘向作的《九叹》一种；王逸作的
《九思》一种。他的体裁，每句用一兮字
作一读，章句长短自由，韵律徐缓，和
《诗经》整齐的四言体不同。更其是一种
有系统的长篇韵文，与《诗经》由三四章
合成的短诗更是不同。

我们要明白《楚辞》的来源，不得不
先略说屈原的历史。《史记·屈原传》
说："屈原者，名平，为楚怀王左徒。博
闻强志，明于治乱，娴于辞令，王甚信
之。上官大夫与之同列争宠，而心害其
能。怀王使原造为宪令；屈平属草稿未

定，上官大夫见而欲夺之，原不与。因谗
之曰：'王使屈平为令，众莫不知；每一
令出，平伐其功，曰：以为非我莫能为
也！'王怒而疏屈平。屈平忧愁幽思而作
《离骚》。——离骚者，离忧也。——上官
大夫短屈原于顷襄王，顷襄王怒而迁之。
屈原至于江滨，被发行吟泽畔，颜色憔
悴，形容枯槁，乃作《怀沙》之赋，于是
怀石，遂自投汨罗以死。"依历史上说，
屈原被逐，共有两次——第一次，是楚怀
王时；第二次，是楚顷襄王时。——因此
他的作品，也分作两个时代。第一个，是
写《离骚》的时代，作品上很显明的表示
着历史的背景。当时他虽被逐，但和旧主
怀王，总不免有眷恋之情；所以《离骚》
的词句，虽是凄哀，但他满纸露着复位、
爱国的希望。第二个，是写《九章》的时
代。那《怀沙》一赋上，满纸表露着灰心
绝望的色彩。如今用科学眼光研究屈原作

品的，除对于《离骚》《九章》两种，不发生问题外，而对于《九歌》《天问》《卜居》《渔父》等篇，都发生了问题。

对于《九歌》，我们认为是最古的南方民族间通用的祭歌。《九歌》引文上说："昔楚国南郢之邑，沅湘之间，其俗信鬼而好祠；其祠，必作歌乐鼓舞以乐诸神。"我们今日《九歌》文中，一点也看不出屈原历史的背景来，所以认定他是产生在屈原以前的侑神歌辞；而《离骚》的风格，还是受《九歌》的影响而成。

对于《天问》，我们认为是关于古代自然界初民历史的一种神话歌谣，无文学价值可言，尤其与屈原无关。且他的文体四言句，与别的《楚辞》风格，迥不相同；我们非但在他文中找不出屈原的历史背景来，且当时屈原忧愁劳思，怕也断无

这样的闲情别致去问天。但我们在此中，却可以探得古人对于人类来源、宇宙来源的传说，是很值得一读的。

对于《卜居》《渔父》二篇，不但因他的文体绝类魏晋的散文——与别的辞赋体不同——且他篇首都有"屈原既放"四字，这明明不是本人的作品了。此外还有《大招》篇，据说是屈原写他招怀王的魂；但满纸都是普通的招魂辞，既看不出屈原，又看不出怀王，这简直是古代女巫在招魂时候歌唱着的一套刻板词句。

与屈原齐名的，便是宋玉。宋玉是楚国人，生在屈原死时。少年时候，在楚襄王末年做文学侍从官，专写些辞赋去取悦他的国王。《史记》说："屈原既死之后，楚有宋玉。……好以辞赋见称，皆祖屈原之从容辞令，终莫敢直谏。"因此，他的

人格，比屈原差得多；而他的作品，全是
婉转柔靡一流，在文学上，另有一种价
值。据《汉书·艺文志》说，宋玉赋共有
十六篇；但《楚辞》中所见的，却只有
《九辩》《招魂》二篇。《昭明文选》中，
有《风赋》《高唐赋》《神女赋》《登徒子
好色赋》四篇；《古文苑》中，有《笛
赋》《大言赋》《小言赋》《讽赋》《钓
赋》《舞赋》六篇，虽也用宋玉的名义发
表的，但比较选入《楚辞》的作风，又是
不同，难使我们深信。

对于《楚辞》，归纳起来说，他与
《诗经》的评价不同。《楚辞》是诗人心
灵的结晶，是理想的假托，是自诉他的幽
怀与愁郁；他的象征，是欲超出于现实社
会的混浊之流，而不是民间的恋歌，与征
夫或忧时者及关心当时政治与社会的扰乱
者的叹声与愤歌。所以，我们在他里面，

文学
小史

是不能得到如在《诗经》里所得到的同样的社会背景上的许多材料；但他在文学上的影响，已足占中国文学史中一个最高的地位，同时在世界文学宝库中，也能占到一个不朽的名誉。

《楚辞》特别与《诗经》不同的地方：《诗经》是受过孔子礼教的洗礼的，而《楚辞》是赤裸裸的诗人心灵的描写。

三、《书经》。《书经》是一部记古代官样文章的史书，和《春秋》有同等的价值，所谓："左史记言，右史记事；言为《尚书》，事为《春秋》。"只因儒家崇拜孔子，《尚书》是经孔子删订过的，所以把尚字去掉，下面加上一个经字；其实是一部古代官书的总集，里面所记的，大概关系于古代政治的设施，再加上记录人理想的假托。最有价值的：一是《禹贡》。

记禹治洪水的事迹，先分述九州后，总叙名山大川，又后记五服贡服的制度，立中国四千年来一个地理疆域的基础。二是《尧典》。记尧舜的政迹，先叙尧的政迹，又记尧得舜命、舜摄政的经过，后面接着写尧的死，与舜的即位，成立了一个禅让的局面，直写到舜死为止。三是《皋陶谟》。写禹与皋陶、伯益的关系，与他三人在政治上一种工作的报告，禹与皋陶、伯益，好似尧与舜一般。四是《盘庚》。记盘庚从河北迁都到河南一种公文，对于后人考证夏代地理史，极有关系的作品。五是《洪范》。记武王问箕子的治国方略，箕子便对武王说洪范。——洪是大，范是法。——是中国最古的宗教哲学，是中国人讲术数的基本思想。六是《金縢》。写武王有病，周公祷天，愿代武王死，当时天上有风雷的变动。武王终究是死了，周公摄政，代成王管理天下，成王

文学小史

年纪小，又多病，周公又去祷天，也愿代成王死。当时周公一篇祷天的文章，藏在府库中，后来周公受了嫌疑，成王也疑周公，周公逃至楚国，成王去打开府库来，见了周公那篇祷天代武王死的文书，不禁大哭，天上也下大雷雨。成王去把周公请回来。后来周公死去，成王用王礼葬他。金縢，便是府库，用金条封锁起来的。此外又有《甘誓》《汤誓》《高宗肜日》《西伯戡黎》《微子》《牧誓》《大诰》《康诰》《酒诰》《梓材》《召诰》《洛诰》《多士》《无逸》《君奭》《多方》《立政》《顾命》《费誓》《吕刑》《文侯之命》《秦誓》，共二十八篇。

《尚书》有今古文的分别。自秦始皇焚书后，西汉初年，有济南伏生，口传《尚书》二十八篇与晁错——为《今文尚书》。后从孔子旧屋的壁中掘得竹简《尚书》，用科斗文写，称为《古文尚书》，比今文多三十一篇。所以现在的《尚书》，共有五十九篇。汉儒孔安国作传，孔颖达作疏。但《古文尚书》，学者对之，颇多怀疑的。

四、《礼记》。《礼记》所讲的，全是古人考究处世接物、祭祖祀神的规矩，差不多一举一动、一出一入，都有礼来规定他。儒家的人生哲学，注重在伦理；礼又是整齐人伦的绝妙方法，因此竭力把他鼓吹起来。他们以谓人人尽礼，自个人而家庭、社会而国家，那天下自然太平了。但这部书，共分《仪礼》《周礼》《礼记》三种，总称三礼。古代《仪礼》，是每篇附有解释经文的，《记》原也称《礼记》，后被现在四十九篇的《礼记》占据了名称去，便改称为《仪礼》，又称《礼经》，称共有十七篇。——另有一部记叙古代政

治制度的书，称为《周礼》，又称《周官经》。——刘歆说《周礼》是笔录周公治国太平的政迹——实与《礼记》截然不同。

《礼记》的传统，起于高堂生的传《仪礼》，又传至后仓，后仓传给他弟子戴德、戴圣、庆普；德称为大戴，圣称为小戴，二人同立入西汉的十四博士中。他二人又各传关于《礼》的传记，戴德传记八十五篇，称《大戴礼》；戴圣传记四十九篇，称《小戴礼》，后郑玄注《小戴礼》。郑是一代有权位的大儒，《小戴礼》经他一提倡，《大戴礼》便无形消灭，《小戴礼》直传至今日，便直称《礼记》。但《礼记》的记录，也不是出于一人手笔的；此中非但产生的时代不同，且同在一篇中，文意杂出。我们今日读《礼记》，最好把他各就性质分类整理出来。里面大约可以分关于礼节的，关于器物制度的，关于论礼乐原理的，关于政治制度的，又关于哲学理论的，五类。虽说后来有魏孙炎的《类钞》，唐魏征的《类礼》，元吴澄的《礼记纂言》，也曾拿《礼记》来分类，但他们一是没有科学方法，二是不合时代精神。我们倘然能把《礼记》用科学方法分了类，在他礼节制度中，多少能看出中国古代社会的生活状况和文化程度来。

《礼记》书中，有《王制》《礼运》《礼器》《学记》《乐记》《祭义》《经解》《哀公问》《仲尼燕居》《孔子闲居》《坊记》《中庸》《表记》《缁衣》《大学》这几篇，是我们必要读的，因他是讨论礼乐原理、政治与哲学的思想。从这上面，看出儒家对于礼的各方面的观察力。这种思想，直影响到我们今日的实生活。我们要

打倒他，要改变他，或是要存保他，都得
去下番心力。

五、《易经》。普通人读《易经》，总
爱拿神秘的眼光去看他，其实，这个易
字，是很容易明白的。易，便是变换。天
下万事万物，刻刻在那里变换；因为变
换；所以天地万物，无时无刻不在那里
动；动的原力，是阴阳两种气。《易经》
里把一代阳的符号，把一代阴的符号；由
一阴一阳，变化无穷而成万物。所以易先
立太极，太极生两仪，两仪生四象，四象
生八卦，又演成六十四卦。研究易理的，
便要从极简的卦的起因，推定那极复杂的
结果。这怎么一个看法呢？便是要看卦的
象。象，便是相；相，便是表示。看卦的
象，有两种看法：一是从直接表现的事物
上看；一是间接从事物所引起的意象
上看。

　　八卦的起源，原是古代人拿他来代字的。八个卦，表示八部分的意义，例如乾卦代表天，坤卦代表地，震卦代表雷，艮卦代表山，兑卦代表泽，巽卦代表风，离卦代表火，坎卦代表水。《易经》把卦重叠起来，从他交互的卦象里，看出吉凶的事来。例如☲卦是火，☵卦是水，水在火上，其势顺，是成功的卦；火在水上，其势不顺，是不成功的卦。每卦的一画，称做爻。《易经》有六十四卦，有三百八十四爻；每卦有卦辞，每爻有爻辞。例如谦卦䷎表示地中有山。《卦辞》说道："谦，亨，君子有终。"这是说出一卦的吉凶。又每一爻，都有解说。他爻辞说道："初六，谦谦君子，用涉大川，吉。"这是说出一爻的吉凶来。从爻而卦，可以推想事物中间的经过、变迁，以及最后的吉凶。

文学小史

从来讲究易理的，逃不出说理、讲数的两种方法。说理的，注意意象；讲数的，看重物象。西汉时的今文家易，是说理的；东汉古文家易，和今文家别派京氏易，是讲数的。晋王弼从古文家出来的，却又说理；宋邵雍、刘牧从今文家出来的，却讲数。从此讲数的易家，便反抗说理的，说他太落空；说理的易家，反抗讲数的，说他太迂执。

六、《公羊传》。《春秋》这部书，有三人作传，解释春秋的笔法：一是《公羊传》；一是《穀梁传》；一是《左传》。《公羊传》，是今文家；《春秋》左、穀二传，是古文家。《春秋》今文家，看孔子作《春秋》，是假托事实，褒贬当时乱臣贼子的，所记不全是史实。那古文家，却主张《春秋》是一部完全的史书，公羊反对他。孟子说："世衰道微，邪说暴行有作，臣弑其君者有之，子弑其父者有之。孔子惧，作《春秋》。"《庄子·天下篇》说："春秋以道名分。"意思是说，孔子作《春秋》，不是记史实，是拿他作为定名分、制法度的一种工具。《公羊传》也是同样的主张。公羊子，齐人，名高，孔子弟子；传《春秋大义》与公羊高，高传给他的子名平的，平传给他的子名地的，地传给他的子名敢的，敢传给他的子名寿的。直到汉景帝时候，公羊寿和齐人胡母子都，才写出这部《公羊传》来。

公羊学说，在西汉时候，十分发达，列入学官。东汉时候，古文家春秋学《左传》列入学官。到东晋元帝时候，古文家大盛，那公羊学便没有人去注意他了。直到清代，因汉族受异种压迫，社会道德堕落，世局变乱，所谓名分，完全不讲究了，于是有一班学者，重把公羊学抬出

来。康有为写《新学伪经考》《孔子改制考》《春秋笔削微言方义》，反抗《古文春秋》，说孔子作《春秋》，一字法，一文法，都有微言大义，不同平常史家的秉笔直书。这意思完全与公羊学相同，因此公羊学说今日又大盛起来。公羊的大义，全在"张三世""存三统""异内外"。我如今把计硕民先生的话，转录在下面：

中国文学
发源史

　　"张三世"者，春秋分十二世为三等，有见三世，有闻四世，有传闻五世。哀、定、昭三公之事，孔子之所见也；襄、成、宣、文四公之事，孔子之所闻也；僖、闵、庄、桓、隐五公之事，孔子之所闻也。于所见微其词，于所闻痛其祸，于所传闻杀其恩，书法详略各异。若大夫卒于所见之世，则有罪无罪皆日录之，"丙申，季孙隐如卒"是也。于所闻之世，则无罪者日录，有罪者不日略之，"叔孙得臣卒"是也。于所传闻之世则有罪无罪皆不日略之，"公子益师无骇卒"是也。

"存三统"者，绌夏存周，以《春秋》当新王，以为孔子制《春秋》之义，见诸行事，垂训方来；虽祖述宪章，上循尧、舜、文、武之道，而改法创治，不袭虞、夏、商、周之迹。故以南面之权，托之于鲁。古制王者兴当封前二代子孙，以大国为二王后，并当代之王为三王；又推前五代为五帝，封其后以小国；又推其前为九皇，封其后为附庸。又其前为民，殷周以上皆然。然则有继周而王者，当封殷周为二王。后绌夏而号禹曰帝，封其后以小国，以存三王之统，此存三统之谊也。

"异内外"者，内其国而外诸夏，内诸夏而外夷狄。书法详于内而略于外，以见王化自近及远之谊。且所谓内外，又非一定不易者也。韩愈曰："诸侯用夷礼则夷之，进于中国则中国之，设七等进退以示褒贬予夺之谊。"《公羊》庄十三年，传曰："州不若国，国不若氏，氏不若人，人不若名，名不若字，字不若子。"……同一吴也，定四年传称子，吴入楚，传则不称子；同晋楚也，城濮之战则予晋，邲之战则予楚。进退无常，外内亦无常，可见《春秋》微言所在，即大义所在也。

七、《左传》。《左传》，虽亦是注解《春秋》的书，是三传之一，但他对于《春秋》的看法，与公羊、穀梁两家，完全不同。《左传》的著作人，是左邱明。左邱明是古文经家，他认定孔子的传六经，完全是被动。孔子只做了一番收集编订的工作，对于经文，完全根据于古书所本有的，并没有什么微言大义在里面。因此，他把《春秋》一书，完全看作是史的关系；因《春秋》所记的史事太略，他这

《左传》中，便把《春秋》所写的史纲，很详细的把事实叙述出来。但这也是很有功于史学界的工作，便是算孔子的作《春秋》有微言大义寄托在里面，但没有事实来证明，也是减少读者兴趣的。所以《四库目录》里说："所述事迹，则皆征国史；不明事迹之始末而臆断是非，虽圣人不能也。"

今文家是反对《左传》的，并说他与《春秋》无关的；写《左传》的，并不是左邱明，是汉刘歆假托的。但我们今日拿文学的眼光、史学的眼光来看《左传》，觉得都有一读的价值。究竟他所记的事体，十有七八是可信的。写《左传》的人，或不定是左邱明，不定是传注《春秋》，但著作人的时代，亦决不能离书中的时代太远。今人最疑古的玄同先生，他也说："对于今之《左传》，认为他里面

所记事实，远较《公羊传》为可信；因为他是晚周人做的历史，而《公羊传》则是口说流行，至汉时始著竹帛者。"（见《古史辨》二八〇页）

八、《国语》。《国语》，是古史六家中的一家。——刘知几《史通》，分"尚书家""春秋家""左传家""国语家""史记家""汉书家"六家。——据说，也是左邱明作的。当时称《左传》为《春秋内传》，称《国语》为《春秋外传》，因他是平均记录当时周、鲁、齐、晋、郑、楚、吴、越八国的事，起周穆王，终鲁悼公，与《春秋》时代略有出入。共有二十一篇。后汉时贾逵，三国时王肃、虞翻、韦曜等，都有注释。

九、《国策》。《国策》的起源，据汉刘向《叙文》说："所校中《战国策》

书，臣向因国别者，略以时次之，得三十三篇。中书本号或曰《国策》，或曰《国事》，或曰《短长》，或曰《修书》，或曰《长书》。臣向以为战国时游士策谋，宜为《战国策》。继《春秋》以后，讫楚汉之起，二百四十五年间之事，皆定以杀青书。"刘知几《史通》亦说："暨纵横互起，力战争雄；秦兼天下，而著《战国策》。其篇有东西二周、秦、齐、燕、楚、三晋、宋、卫、中山，合十二国，分为三十三卷。夫谓之策者，盖录而不序，故即简以为名。"从这两段话里，都可以看出《战国策》的特性，与他成书的历史。有人说《左传》《国语》《国策》三书，都成于左邱明一人，更有说三书便是一书，甚至说是汉刘歆把《国语》的一部分，与《春秋》有关系的，改作了《左传》，意在抵制今文家的《公羊传》。这话说的人虽很多，但至今却无法证实。

总之一句话：《左传》《国语》《国策》三部书，在历史背景上，都有连锁的关系，便是在文学上，也有同等的价值。我们今日都该交互去读他。梁启超说左氏这三部书的价值道："左氏书之特色：第一，不以一国为中心点，而将当时数个主要的文化国平均叙述……第二，其叙述不局于政治，常涉及全社会之各方面，能写出当时社会之活态，予吾侪以颇明了之印象；第三，其叙事有系统，有别裁，确成为一种组织体的著述。彼账簿式之《春秋》，文选式之《尚书》，虽极庄严典重，而读者寡味矣！……故左氏可谓商周以来史家之革命也，又秦汉以降史界不祧之大宗也！"

十、《老子》。中国诸子哲学，向分九家，最早的是道家；老子，是道家的鼻祖。但老子的道，与浅薄的魏晋的玄学不同，尤其不是假冒道家的修养家、神仙家能明白他的。老的道，是自然的天道。——便是西洋哲学中的自然哲学，与希腊哲学的宇宙论相近。——他要体会出一条天人共通的原则，道虽无穷大，人虽无穷小，但人为道所化生，人与道为一体。人只须明天道自然的原理，自己便当做天道看；在人力可能范围以内，自强不息的去适应天道。你若不顺公理，只图扩张你的私欲，这便是逆天；你若一味听天，不尽人力，这便是自弃。自弃、逆天，都不是老子的天道。老子讲求天道的议论，全在今日所传的一部《道德经》上面。《道德经》虽只聊聊五千言，但字字精深，言言中窍。他把人生哲学归纳在天道中一体去看，他不要有我，不要有名，不要有为，不要有言。天道至公，人道也至公；人能尽力于公，你私的部分也在里面了。又宇宙间的至理，天地间的大动，

不是言说可以明白的，是要至虚极静的去体会出来的，所以老子又主虚、主柔、主不争。

据《史记·老子传》说，老子是楚人，姓李，名耳，字伯阳，谥为聃，为周守藏室之史。孔子曾向老子问礼，称他"其犹龙邪"！他和关尹子为友。老子欲退隐，关尹子留住他，著书上下篇，说明道德之理，后莫知所终。因为"莫知所终"一句话，后世便误会成神仙之说，硬指老子是一个仙家。其实老子后来既然隐居，当然与世人隔绝，当然莫知其所终。又因《史记》把老子事实写得恍恍惚惚，后人便连带怀疑到老子的人的问题上去了。其实，老子既以"自隐无名为务"，莫说后世人，便是当时人，怕也不容易明了老子的身世。又有怀疑到老子《道德经》的，今日《道德经》上下篇八十一章，恐不是原书了。因他本是杂记体，随思随录，先后长短，各任自然，原无分章的必要。全书是一种韵文体，又常引用古代成句，所以我们可以说老子是集道家思想的大成，而《道德经》是他弟子或后人随时追记的一种老子语录。

十一、《墨子》。墨子的生世，是不十分可考的。——孙诒让说墨子遗事，在西汉时已莫得其详。——他流传下来的著作，也是残缺不全。——旧时《墨子》七十一篇，今存五十三篇。——但今日我们从各方面看来，知道墨子是周敬王、威烈王这个时间的人。他流传在今日的作品五十三篇，根据墨学色彩的浓淡分析：《尚贤》《尚同》《兼爱》《非攻》《节用》《节葬》《天志》《明鬼》《非乐》《非命》《非儒》共十一种，虽不是墨子亲笔的著作，却确是墨者演墨子学说的代表作品；

《耕柱》《贵义》《公孟》《鲁问》《公输》五种，是墨家后人记墨子言行的；《经》《经说》《大取》《小取》四种，据胡适说："不是墨子的书，也不是墨者记墨子学说的书，是'别墨'一派做的。"《亲士》《修身》《所染》《法仪》《七患》《辞过》《三辩》七种，陈义肤浅，意见杂出，疑是后人假托附入的；至于《备城门》等十种，是演述墨子的战术，与他哲学思想不相关联的，研究他学说的，可以不读。

墨子生在兵荒战乱、人心狡诡的战国，目见人民流离、公义销亡的情形。他是一位热心救世的大慈善家，便大声疾呼的向一班残忍阴狠的军阀野心家提倡"兼爱主义"。又怕空说兼爱，不能感动人心，便又说这是"天志"。人总是畏天的，天的志人总不敢违背的。而实行兼爱的第一步，便在"非攻"。战争，是两败俱伤的事体，不论战胜国战败国，都是"农夫不得耕，妇人不得织"。攻战的根源，起于争利，墨子劝人行义，不要争利。他说义便是利，人肯尽力在公利上，你私利也附带的得到了。他说："爱人者，人亦从而爱之；利人者，人亦从而利之。"——这是墨家的中心思想。

十二、《论语》。孔子思想的代表作品，便是一部《论语》。据班固在《汉书·艺文志》上面说："《论语》者，孔子应答弟子时人，及弟子相与言而接闻于夫子之语也。当时弟子各有所记，夫子既卒，门人相与辑而论纂，故谓之'论语'。"但《论语》原有三种：（一）《鲁论语》，二十篇，流行在鲁国；（二）《齐论语》，二十二篇，流行在齐国；（三）《古论语》，是汉时从孔宅壁中掘得的。今日

文学小史

的《论语》，是经过后人的修改，或增或减，共上下两部。上部有《学而》《为政》《八佾》《里仁》《公冶长》《雍也》《述而》《泰伯》《子罕》《乡党》十篇；下部有《先进》《颜渊》《子路》《宪问》《卫灵公》《季氏》《阳货》《微子》《子张》《尧曰》十篇。他篇次的前后，是没有什么意义的。

《论语》全书所包含的性质，大约可分：关于个人人格修养的，关于社会伦理的，关于政治的，关于哲学的，关于对人的批评的，关于孔子的出处及日常行事的，关于孔子自己说的话，关于孔子弟子说的话等八类。我们今日读他，据钱穆先生说："一、当注意于书中之人物、时代、行事，使书本有活气；二、当注意于书中之分类、组织、系统，使书本有条理；三、当注意于本书与同时及前后各时有关系之书籍，使书本有联络；四、当注意于本书，于我侪切身切世有关系之事项，使书本有应用。"

十三、《韩非子》。中国古代四大哲学派别：（一）道；（二）儒；（三）墨；（四）法。韩非子，便是法家思想的代表人物。他是战国末期韩国的公子。《韩非子》一书所以产生的原因，据《史记》说："非见韩之削弱，数以书谏韩王，韩王不能用。韩非疾治国不务修明其法制，执势以御其臣下，反举浮淫之蠹而加之于功实之上。……观往者得失之变故，作《孤愤》《五蠹》《内外储说》《说难》十余万言。"现在《韩非子》又称《韩子》，全书二十卷，五十五篇，文字上很多看得出后人附加的痕迹。卷头上《初见秦》《存韩》两篇，一劝秦王攻韩，一劝秦王存韩，意思完全反背；又在《忠孝》一篇

中，有排斥老子的话，和《史记》所说
"原于道德之意"，又是冲突的。

韩非子的中心思想，全在"法治"两
字上。他的法，是现在所说的"开明专
制"。他说法律愈严，百姓所得的利益愈
大，所谓"置之死地而后生"的意思；他
又排斥儒家思想，他说儒家的礼教，只能
应用于少数例外的君子，都不能统治一般
人民。他说人性都是"骄于爱而听于威"
的，没有严刑峻法，决不能得到太平的局
面。但他的法，是平等的，无论什么人都
要受法律的制裁。所以他说："法不阿贵，
绳不挠曲。法之所加，智者勿能辞，勇者
勿敢争；刑过不避大臣，赏善不遗匹夫。"

十四、《庄子》。庄子，名周。他是宋
国蒙地人。我们从他本书中，看出他与惠
施为友，死在惠施后。惠施曾经做过梁惠

王的宰相。《史记》说庄周与梁惠王、齐宣王同时的话，比较的可信。现在《庄子》书共有三十三篇，分《内篇》七，《外篇》十五，《杂篇》十一。他的重要思想，全在内七篇中，此外大都是假造的，最多也不过是他门弟子的追记。

从来学者爱把老庄二子相提并论，同归纳在道家的一流思想里。其实，他与老子的思想，是处于反对地位的。老子思想，是用自然方法处世的，庄子却是纯粹的出世主义。庄子说："上与造物者游，而下与外生死者为友。"这简直是以出世的眼光处世。——老子是入世不忘出世的，庄子是入世等于出世。——所以老子思想，是消极而积极的；庄子思想，是积极而消极的。老子教我们在天道自然的范围以内去做；庄子却以谓：既有天道，何必人做？所以他的人生观，是一任自然。

十五、《孟子》。孟子名轲，是鲁国人。年幼时候，深受母教，养成反躬自责的谦德。——孟子入内室，见妻蹲着，因妻无礼，便欲休妻。孟母反责孟子不应该不声不响的跑进内室去，使人不及预备。从此孟子便学成自反的思想——他是一个纯粹的儒家信徒，也是学着孔子周游列国，用儒道说诸侯。《孟子》七篇——《梁惠王》《公孙丑》《滕文公》《离娄》《万章》《告子》《尽心》——据阎若璩说，是孟子自己写的，孟子死后，又经他的弟子整理过，所以一律加上孟子生前所不知道的诸侯的谥法。孟子的中心学说，便是"性善"二字。当时学者对于人性的研究，有说无善无不善的，有说有善有不善的，有说可以为善可以为不善的，有简直说是性恶的，独有孟子说人性本善的。因为性善，我们只须发挥我本性的善，去完成人格便了。从此"性善"二字，遂为

中国文学发源史

儒家的基本教条。

十六、《荀子》。荀子，名况，字卿，战国时代的赵国人。生在公元前 335 年前后，死在公元前 335 年前后❶。少年时候，周游列国，宣传他的思想，不能唤起当时人的注意，只年老时在楚国春申君时代做过兰陵令。后来春申君被杀，荀卿失了依傍，便从事著作，不久便死在兰陵地方。——他的大弟子中，有韩非、李斯一流人。

荀子不但是思想家，且是一个辞赋家，所以他的著作，也分作两部分留传下来：一部分，便是今日的《荀子》——专管学术思想的；——又有赋家的《孙卿赋》十篇，是属于荀卿文学一方面的。如

❶ 荀子（约公元前 313 年—前 238 年），此处作者有误。——编者注

今只说他的思想，完全是受了儒家的影响。他生在儒学衰息的时候，眼见邪说流行，人心诡诈，看得世界上没有好人，便提出"性恶"二字来，反驳孟子。他说人性善的部分，便是作伪的部分；人性既是本恶的，便须有种种人为的礼义法度来节制他，利导他达到人为的善。因此，他极端看重礼教，惟有礼教，才能帮助人积善。好似穷人把一个一个钱积起来，才能做到富翁的地位。在下意识的人，要靠礼教束缚人性；上一级的人，却须做明道的工夫。如何能够明道？先当训练成虚心、专一、静心三步工夫，这便是荀子思想的大概了。

十七、《列子》。刘向说："列子者，郑人也，与郑缪公同时，盖有道者也。其学本于黄帝、老子。"但历来学者，都怀疑于列子有无其人的问题。他的理由：

（一）列子事实独详于庄子书中；（二）司马《史记》，不为列子作传；（三）《庄子·天下篇》叙述当时学派，道家有老聃、关尹子，独无列子，怕列子也是庄子理想中人。但《庄子》中如《列御寇》《至乐》《达生》《让王》几篇文字，称道列子的地方甚多；便是《韩非子》《荀子》书中，也常常提起列子。若列子是一个理想中人，引证决不至这样的多。班固说："列子名圄寇，先庄子，庄子称之。"这样一个哲学先辈，而为当时学者所称道的，或不至于假托罢？只是今日《列子》八篇，怕不是全出于当时的，很多为后人荟萃而成的，我们只须看他书中的议论和事实，雷同于《庄子》的十有七章。《周穆王》一篇，大半据取《穆天子传》中；《力命篇》管仲一段，竟全抄《史记·管晏列传》。今日所传的《列子》，是张湛注的，他用佛家思想，来参综列子的思

文学小史

想，因此有人说《列子》一书，是成于魏晋佛学流行的时代。但中国的佛学，本来是从老庄思想变化出来的；我们只可以说佛学受了道家的影响，不可以说道家因袭了佛家的思想。明白了这一层，便不至于怀疑《列子》是魏晋人伪托的了。但他书中，不是纯粹的列子思想，有经过长期间演化的痕迹，后人荟萃成书的。这句话，我们可以断定的书中除去了后人参杂的作品以外，便可以看出列子的中心思想，便是"安心任命"四个字。我引证几段列子的话在下面。——全出于《天瑞篇》。

有生不生，有化不化。不生者能生生，不化者能化化。生者不能不生，化者不能不化，故常生常化。常生常化者，无时不生，无时不化。

天地无全功，圣人无全能，万物无全

用。——天有所短，地有所长，圣有所否，物有所通。

古为死人为归人。夫言死人为归人，则生人为行人矣；行而不知归，失家者也。一人失家，一世非之；天下失家，莫之非焉！

凡一气不顿进，一形不顿亏，亦不觉其成，不觉其亏；亦如人自生至死老，貌色智态，亡日不异，皮肤爪发，随生随落。非婴孩时有停而不易也，间不可觉，俟至后知。

这"俟至后知"四字，便可以看得出列子的全部思想来了。

十九，一，二十六，在啸天讲学社。

文学介绍

及批评

文学
小史

一、诗经

《诗经》，是古代的北方文学。他的产生地点，拿今日的地理来说，是在山西、陕西、河南、湖北北部，及山东南部、淮河一带，却当今日中国地理的北方。据说他是经过中国儒家的首领——孔子——删订过的，因此他在数千年的中国政治上、文学上，占有了极大的威权，尤其在战国时代的政治家，往往欢喜引证一二句《诗经》，做他辩论的根据。那文学家，也个个模仿着《诗经》的腔调，吟诵着《诗经》的词句，拿来抒发他的心情。

政治的例证——孟子见梁惠王，王立于沼上，顾鸿雁、麋鹿，曰："贤者亦乐此乎？"孟子对曰："贤者而后乐此，不贤者虽有此不乐也。诗云：'经始灵台，经之营之。庶民攻之，不日成之。经始勿亟，庶民子来。王在灵囿，麀鹿攸伏。麀鹿濯濯，白鸟鹤鹤。王在灵沼，于牣鱼跃！'文王以民力为台为沼，而民欢乐之；谓其台曰灵台，为其沼曰灵诏❶，乐其有麋鹿鱼鳖，古之人与民偕乐，故能乐也。"（《孟子》）

文学的例证——"宋玉因其友，以见于楚襄王；襄王待之，无以异宋玉。让其友，友曰：'……妇人因媒而嫁，不因媒而亲；子之专王未耳，何怨于我？'宋玉曰：'不然。昔者，齐有良兔曰东郭魏❷，盖一旦而走五百里；于是齐有良狗，曰韩卢，亦一旦而走五百里。使之遥见而指属，则虽韩卢不及众兔之尘；若蹑迹而纵

❶ 应为"灵沼"。——编者注
❷ 应为"东郭㕙"。——编者注

继，则虽东郭𪩘亦不能离。今子之属臣也，蹴迹而纵緤与？遥见而指属与？诗曰：将安将乐？弃我如遗！此之谓也！'"其友人曰："仆人有过！仆人有过！"（《新序》）

这种例子，凡是战国、秦汉时的古书，到处都有；不独如此，便是中古时代的诗人，如韦孟、东方朔、韦玄成、唐山夫人、傅毅、仲长统、曹植，直至晋朝的陶潜《停云》《荣木》等篇的作风，都很显明的很深刻的受了《诗经》风格的暗示。这是如何有权威的作品啊！但是拿今日科学的眼光来看《诗经》，这《诗经》的价值，是否仅仅供后世政治家的引用和文学家的模仿便算了？我的意思却大不然，现在拿他来重新估定一下。

我们今日读《诗经》，须拿两种眼光

去看：一是历史的眼光；一是文学的眼光。我们在看《诗经》作品中时代背景最古的，要算《商颂》的《玄鸟》篇："天命玄鸟，降而生商。"因此，我们从竖的历史眼光读《诗经》，他实包有从商代至春秋一千余年的历史背景。但《诗经》中所收集的诗，究竟是从什么地方来的呢？我们读《汉书·艺文志》说："孟春之月，行人振木铎，徇于路以采诗；献之太师，比其音律以闻于天子。"因此，便有太师督率采诗官周游各地采集民间诗歌的一说。据说在夏朝以后，便立采诗官；到周朝太史官掌六诗，每年在正月里，派行人摇着木铎，巡行民间，采访歌谣。采得的诗，从乡间汇送到城市里，从城市汇送到朝廷里。做帝王的，隔五年也要出门一趟——名叫巡狩——和太史同坐一车。太史便在这时候献上所采的诗，使帝王一遍读着诗，一遍考察人民的风俗和民间的疾

文学
小史

苦。说虽如此说，但我想《诗经》的来源，决不如此简单。再则，我们今日读的《诗经》，明明是经过有文学智识、音乐技能的人整理改编过，而为一种乐歌。——词句整齐，音韵和谐，分章而循环歌诵的，是乐歌的特性。——本来，在古代《诗经》里的诗，都是合得上音乐，可以歌唱的。——《经》中有六篇《笙诗》，是有音无诗的，这更可以证明《诗经》是古代的乐歌了。从来歌谣的变迁，必是先有徒歌而进为乐歌。什么是徒歌，便是随嘴成腔，直叙情事，有如今日的山歌。民间朴质的文学，决不能产生如此整齐缠绵而循环回诵式的《诗经》。所以可以说，今日的《诗经》必经太史采集了民间歌谣，根据歌谣的本意而用文学方式修整过的。这尊贵无上的帝王，听那粗拙的山歌，没得污辱了他的龙耳！再进一层说，《诗经》的作者，也不是全出于民间。除那十五国风，有民间的气息以外，所有《大雅》《小雅》，是很显明的是那时所谓君臣公侯大夫的应酬文章；《商颂》《周颂》，又是颂扬祖德，夸张政迹❶，祭祀飨燕❷用的官面文章。在这里面，是看不出民生的疾苦文化的背景来的。

　　孔子删诗一说，现在用科学眼光读书的，多数不赞成有这件事。他的理由是：孔子自己并不曾说删过诗。这删诗是极大的事业，孔子果然删诗，岂有不向他弟子说及的，况且以孔子的道学眼光，如果删诗，为什么不删去郑卫的淫诗——如《株林》等诗——《史记》上说"古诗三千余篇，及至孔子去其重，取可施于礼义三百五篇"，像《溱洧》这种男女"吊膀

---

❶ 应为"政绩"。——编者注
❷ "燕"同"宴"。——编者注

子"的玩意儿，是不是可施于礼义？再三千篇删剩了三百篇，这样大刀劈斧的弃诗掷诗，如何够得上一个删字。当时周封诸侯，有一千八百国，何以《诗经》中仅收九国的诗，而所收入的，大都又是最近春秋的二百年的史诗。如果删诗，决不是把整个时代、整个国家的诗删去，一定是要平均的选择，各国家各时代的诗都有一部分。再孔子如果删诗，竟弃去了十分之九的不收入《诗经》，那还留在外面的诗一定不少，何以别的书籍上，竟找不到引证，一首三百零五首以外的诗。这明明是当时的诗，只有这三百零五首，而孔子并未删诗，仅是一个收集家罢了。——或经过孔子修正改削。

《诗经》的内容大别为风、雅、颂三类。风，是民间的歌谣。从诗上面可以看出人民的风俗和他情感的表现，其分十五国，是周南、召南、邶、鄘、卫、王、郑、齐、魏、唐、陈、桧、曹、豳，共包含诗一百六十篇。雅，有大雅、小雅之分。大雅，大都是帝王表，秦❷扬功德，或关国家大事的诗，有三十一篇；小雅，是诸侯大夫酬唱的诗，有七十四篇。颂，有周颂、鲁颂、商颂之分，这完全是祭祀宴飨时候歌功诵德的诗，有四十篇。从来说诗的人，有什么六义，是把诗的体裁，赋比兴之类，合着风雅颂一齐说的。《诗经》大序说风雅颂道：

上以风化下，下以风刺上，主文而谲谏。言之者无罪，闻之者足以戒！故曰风。……雅者，正也，言王政之所由兴废也。政有大小，故有小雅焉，有大雅焉。颂者，美盛德之形容，以其成功，告于人民者也。

---

❶ 此处应还有秦。——编者注
❷ "秦"，或当为"奏"。——编者注

这种咬文嚼字的解释，反被他闹得乌烟瘴气，倒不如郑樵说的，"风是出于土风，大概小夫贱隶妇人女子之言，其言浅近重复，故谓之风；雅是出于朝廷士大夫，其言纯厚典则，故谓之雅；颂之辞严，其声有节，以示有所尊，故谓之颂"。澈底说起来，这种解说，都嫌有点头中气，其实古人作诗"情动于中而发于言"，那里管得这许多麻烦；便是雅一部分，也有不少的民歌，在内如《秋杜》❶《陟岵》两篇，一个说征夫的苦况，一个说行役的苦况。此外如着：者莪都人去隰桑等诗❷和《国风》的作品，置在一处，实在看不出有什么分别来。讲到赋比兴三种诗的体裁，赋是把诗的本意，直捷了当地说出来，好似《采蘋》诗："于以采蘋，

---

❶ "《秋杜》"疑当为"《林杜》"。——编者注
❷ "此外"云之有误。疑当为"此外如《蓼莪》《都人士》《隰桑》等诗"。——编者注

南涧之滨；于以采藻？于彼行潦。于以盛
之？维筐及筥；于以湘之，维锜及釜。于
以奠之？宗室牖下；谁其尸之？有齐季
女。"从采蘋写起，直写到季女尸奠，把
诗意很率直的敷陈出来，所以称作赋。兴
是诗的前几句，把诗意寄托在别样事物
上，渐渐兴起本意来。好似《伐柯》诗，
"伐柯如何，匪斧不克；娶妻如何，匪媒
不得"，这是拿斧的伐柯来兴起由媒人而
得妻子的意思。比是始终用别的事物来假
托，把诗意寓在里面，用比类的方法，托
出诗意来。好似《行露》诗的第一首，他
要说明贞洁女子不肯勉强嫁与富贵男子，
却说道："厌浥行露，岂不夙夜？谓行多
露。"拿露来比作富贵男子，"岂不夙夜"
是比方说，做女子的岂有不愿嫁丈夫的，
但他始终是假托，始终不曾把诗意显露在

❶ 应为"尸"。——编者注

字面上，所以称做比。什么六义，却要把绝不相同的两种性质，胡扯在一起，使几千年说六义的人，愈说愈糊涂，头巾气的误人，一至于此！

在历来《诗经》的传授的统系上，也有一种说法，原来自秦始皇烧毁六经以后，只因《诗经》是从人人口中歌唱着传下来的，比较不容易散失。到汉文帝时候，经学复兴，当时燕韩婴传《韩诗》，鲁申培传《鲁诗》，齐辕固生传《齐诗》，这韩、齐、鲁三家诗，当时都列入学官。所谓学官，好似现在教育部审定的学校教科书。《鲁诗》传到西晋时候，便亡失，《齐诗》亡失在魏代，《韩诗》直传到北宋时候，现在我们所看见的只有一种《韩诗外传》。三家以外，又有毛公传《毛诗》，据说是从孔子的学生子夏传授下来的，子夏传给高行子，高行子传给薛仓子，薛仓子传给帛妙子，帛妙子传给河间人大毛公，大毛公作大序，传给小毛公，小毛公作小序，便是今日的《毛诗》。这韩、齐、鲁、毛四家诗的不同，只是解说《诗经》本意的不同。《毛诗》的能传在今日，审是郑玄一笺的功劳。郑玄是毛公的学生，他仗着汉代大儒的力量，提倡《毛诗》，自己又写诗笺。唐朝的孔颖达、宋朝的郑樵以及朱熹，都努力于注诗的事业。直到清代崔东璧、方友石才能打破诗注的传统思想，从《诗经》的本文上看出诗人的本意来。——崔东璧写有《读风偶识》，方友石写有《诗经原始》。——崔东璧说道："余于论诗，但主于体会。经文不敢以前人附会之说为必然……唯合于诗意者，则从之；不合者，则违之。"方友石说道："反复涵诵，参论其间，务求得古人作诗本意而止。"这是何等眼光，这才合得上我们今日用科学方法读书的

文学
小史

眼光。

科学最有价值的方法，是在求因果和分晰❶。我们今日读的《诗经》是当时诗人产生的果，但我们要问当时诗人为什么要写这些诗，这便是求因。这一求，便求出《诗经》的时代背景来。原来诗是文学的作品，文学是情感的结晶，情感是受时代支配、环境逼迫而产生的。我们读《诗经》岂可可不问问《诗经》的时代怎么样？这时代诗人所处的环境又是怎么样？因为我们读《诗经》不但是欣赏他的文学，还要看出他的社会背景来。《文学大纲》说得好：

多数的诗篇，都是带着消极的悲苦的辞调，对于人生的价值，起了怀疑。有的言兵

---

❶ "分晰"，今作"分析"。——编者注

役之苦，有的则攻击执政者的贪暴，有的则因此遁于极端的享乐之途，如"踧踧周道，鞠为茂草；我心忧伤，惄焉如捣！假寐永叹，维忧用老；心之忧矣，疢如疾首？我躬不阅，遑恤我后"……都足以表现出丧乱时代的情形与思想。而这个丧乱时代大约是在周东迁的时代前后，所以那些诗篇，大约都是东迁前后的作品。

这是从诗的因果求出作诗的因来，而分晰《诗经》时代的工作，胡适之有一种报告，我如今拿他节录在下面：

第一，这长期的战争，闹得国中的百姓，死亡伤乱，流离失所，痛苦不堪。《诗经》里说："肃肃鸨羽，集于苞栩；王事靡（盬），不能蓺稷黍。父母何怙？悠悠苍天，曷其有所！"——《唐风·鸨羽》——读了这诗，可以想见那时的百姓受的痛苦了。

　　第二，那时诸侯互相侵略，灭国破家，不计其数；古代封建制度的种种社会阶级，都渐渐的消灭了。就是那些不曾消灭的阶级，也渐渐可以互相交通了……到了这时代，诸侯也可以称王了，大夫有时比诸侯还有权势了；亡国的诸侯士大夫，有时连奴隶都比不上。《国风》上说的："式微！式微！胡不归？微君之躬，胡为乎泥中？"——《邶风·式微》——可以想见当时亡国君臣的苦处了。《国风》又说："东人之子，职劳不来；西人之子，粲粲衣服；舟人之子，熊罴是裘；私人之子，百僚是私。"——《小雅·大东》——可以想见当时下等社会的人，也往往有些"暴发户"，往往会爬到社会的上层去。

　　第三，封建时代的阶级，虽然渐渐消灭了，却新添了一种生计上的阶级。那时社会渐渐成了一个贫富很不平均的社会，富贵的太富贵了，贫苦的太贫苦了。《国风》上所写贫苦人家的情形，不止一处；描写那贫富太不平均的，也不止一处。如："小东大东，杼柚其空！纠纠葛屦，可以履霜。佻佻公子，行彼周行。既往既来，使我心疚！"——《小雅·大东》——更动人的是："坎坎伐檀兮！置之河之干兮！河水清且涟猗！不稼不穑，胡取禾三百廛兮？不狩不猎，胡瞻尔庭有县貆兮？彼君子兮，不素餐兮！"——《魏风·伐檀》——这竟是近时社会党攻击资本家不该安享别人辛苦得来的利益的话了。

第四，那时的政治，除了几国之外，大概都是很黑暗很腐败的。如："人有土地，女反有之；人有人民，女覆夺之。此宜无罪，女反收之；彼宜有罪，女覆说之。"——《大雅·瞻卬》——又如："匪鹑匪鸢，轮飞戾天；匪鳣匪鲔，潜逃于渊！"写虐政之不可逃，更可怜了！

这四种现象：（一）战祸连年，百姓痛

苦；（二）社会阶级渐渐销灭❶；（三）生计现象，贫富不均；（四）政治黑暗，百姓愁怨。

这四种，大约可以算得那时代的大概情形了……有了这种时势，自然会生出种种思想的反动……我们可叫他做"诗人时代"。

这时代的思想，大约可分几派：第一，忧时派。第二，厌世派。——忧时爱国，却又无可如何；更有些人，变成了厌世派。——第三，乐天安命派。——有些人到了没法想的时候，只好自推自解，以为天命如此，无可如何，只好知足安命罢。——第四，纵欲自恣派。——有些人抱了厌世主义，看看时事不可为了，不如"遇饮酒时须饮酒，得高歌处且高歌"罢！——第五，愤世激烈派。——有些人对着黑暗的时局，腐败的社会，却不肯低

❶ 今作"消灭"。——编者注

头下心的忍受；他们受了冤屈，定要作不平之鸣的。——这几派，大约可以代表前七八世纪的思潮了，请看这些思潮，没有一派不是消极的；到了《伐檀》和《硕鼠》的诗人，已渐渐地有了一点勃勃的独立精神……到了这时代，思想界中已下了革命的种子了。——见《中国哲学史大纲》（上卷）

这是何等精细的分析！我们读《诗经》，不当这样读吗？

二、楚辞——附屈原、宋玉

在战国时代，楚是后起的南方的强国，他的政治文化，等等，不但是唤起当时黄河流域各国的注意；我们并可以从这时期，看出北方民族挟其文化向南方——长江流域——移动，更看出南方民族，收

吸了北方文化以后，表现出他特殊的性质来。他的政治力量、生产力量，民族的转移和混合，都属于历史范围以内的，在这里我暂且不说，如今只说他的文学。

　　一国地理的形势、民族的特性，与他时代的环境，都与他的文学有直接的关系。《诗经》是北方的文学，在北方黄河流域高瘠荒寒的地方，又经着幽、厉、东周的衰乱，封逮❶资本势力的压迫，便发出怨愤简短的呼声来。他的表情，是拙直的；他的言词，是简单的。形成如今短章促节的《诗经》，这可以代表北方民族的特性。所以说《诗经》是文学的，无宁说他是历史的、社会的呼声。——说一句公平话，《诗经》是民间的歌谣，是寄托在历史背景上的；可以说他大部分是历史的

---

　　❶ "逮"，疑为"建"之误。——编者注

产物，小部分是文学的产物。

什么是文学的产物？文学作品，须合得上四个条件：（一）是有丰富的感情；（二）是有空灵的想象；（三）是有幽婉的言词；（四）是有自然的音韵。我们看看《楚辞》怎么样。

日本盐谷温说："屈原是一个多情多感的血性男子。所以虽遭贬谪，还是时常眷顾楚国，系心怀王；冀王一旦省悟，俗一旦改善，忧愁幽思以作《离骚》。"——《中国文学概论讲话》——郑振铎说："在《离骚》中，屈原的文学天才，发展到绝高点；他把一切自然界，把历史上一切已往的人物，都用他的最高的想象力，溶冶于他的彷徨幽苦的情绪之下。"——《文学大纲》——从第一说，我们可以从楚辞中看出他丰富的情感来；从第二说，我们

又可以从《楚辞》中看出他空灵的想象力来。你再读："帝子降兮北渚！目渺渺兮愁予！袅袅兮秋风，洞庭波兮木叶下！"他的词句何等的婉转！音调又何等的和谐！这更合于文学条件的第三、第四例了。——屈原是《楚辞》的代表作家，而《离骚》又是屈原的代表作品，所以拿他来举一个例。

但是，说了半天，这《楚辞》究竟是什么人作的呢？汉班固说道："始楚贤臣屈原，被谗放流，作《离骚》诸赋，以自伤悼。后有宋玉、唐勒之属，慕而述之，皆以显名。汉兴，高祖王兄子濞，于吴招致天下娱游子弟，枚乘、邹阳、严夫子之徒❶兴；于文景之际，而淮南王安都寿春，招宾客著书，有严助、朱买臣贵显汉朝，故世传《楚辞》。"看了这一段话，我们

---

❶ "徙"，当为"徒"之误。——编者注

可以断定:《楚辞》的体裁,创自屈原;而《楚辞》的本身,却是一个集合体。他的文体,实在是赋的一类。《史记·屈原列传》说:"屈原既死之后,楚有宋玉、唐勒、景差之徒者,皆好辞,而以赋见称。"《汉书·朱买臣传》有:"买臣善辞赋。""宣帝时,有九江被公,善楚辞。"总之一句话,《楚辞》的特性,是用楚言楚声,描写楚地楚物,所以定名"楚辞"。最初的作者,多为楚人;后来别处别时代的人,都模仿他的风格,自成一派,从此便成了文学界上的一个领域。

现在《楚辞》,有王逸注和朱熹集注,两种不同的板本❶。王逸定本,有屈原作的《离骚》《九歌》《天问》《九章》《远游》《卜居》《渔父》,有宋玉作的《九辩》《招魂》,景差作的《大招》,贾谊作

的《惜誓》，淮南小山作的《招隐士》，东方朔作的《七谏》，严夫子作的《哀时命》，王褒作的《九怀》，刘向作的《九叹》，王逸作的《九思》。朱熹定本，没有《七谏》以下各篇，却多贾谊作的《吊屈原》及《服赋》❶两篇。

自然，在《楚辞》全集子中，算屈原作品的价值最高了。宋景文说："《离骚》为辞赋之祖，后人为之，为至方不能加矩，至圆不能过规！"他较之汉晋各赋，专讲对付❷排比的，价值高得多多；而在词调上，也活泼而自然得多了。

但是，今日却有一部分人怀疑于屈原的存在，胡适之便是一个代表。我如今先

---

❶ "《服赋》"，今多作"《鹏鸟赋》"。——编者注
❷ "对付"，疑为"对偶"之误。——编者注

把屈原的传写出来，再说他怀疑的地方。

屈原者，名平，楚之同性也。为楚怀王左徒，博闻强志，明于治乱，娴于辞令；入则与王图议国事以出号令，出则接过宾客，应对诸侯。王甚信之。上官大夫与之同列，争宠而心害其能。怀王使原造为宪令，屈原属草稿未定，上官大夫见而欲夺之，原不与。因谗之曰："王使屈平为令，众莫不知；每一令出，平伐其功曰，以为'非我莫能为也'！"王怒而疏屈平。屈原疾王听之不聪也，谗谄之蔽明也，邪曲之害公也，方正之不容也，故忧愁幽思而作《离骚》。——《离骚》者，离忧也。怀王竟听郑袖，复释去张仪。是时屈平既疏，不复在位，使于齐。顾反，谏怀王曰："何不杀张仪？"怀王悔，追张仪，不及。其后诸侯共击楚，大破之，杀其将唐昧。时秦昭王与楚昏，欲与怀王会。怀王欲行，

---

❶ "同性"，当为"同姓"。——编者注

屈平曰："秦虎狼之国，不可信，不如无行。"怀王稚子，子兰劝王行："奈何绝秦欢。"怀王卒行，入武关；秦伏兵绝其后，因留怀王以求割地。怀王怒，不听，亡走赵，赵不纳；复之秦，竟死于秦而归葬。长子顷襄王立，以其弟子兰为令尹，楚人既咎子兰以劝怀王入秦而不反也。屈平既嫉之，上官大夫短屈原于顷襄王，顷襄怒而迁之。屈原至于江滨，披发行吟泽畔，颜色憔悴，形容枯槁，乃作《怀沙》之赋，其辞云云。于是怀石遂自投汨罗而死。屈原既死之后，楚有宋玉、唐勒、景差之徒者，皆好辞而以赋见称，然皆祖屈原之从容辞令。——见《史记·屈原列传》。

但据胡适之的怀疑意见说："一、屈原明明是一个理想的忠臣，但这种忠臣在汉以前是不会发生的。因为战国时代，不会有这种奇怪的君臣观念。二、传说的屈原，是根据于一种儒教化，是汉人的拿手戏。只有那笨陋的汉朝学究，能干这笨事。三、屈原是一种复合物，是一种箭垛式的人物。一小部分的南方文学，就归到屈宋几个人身上去。四、屈原也许二十五篇《楚辞》中的一部分的作者，此时渐成一个文学的箭垛。后来汉儒把那时代的君臣大义读到《楚辞》里去，把屈原用作忠臣的代表，从此就成了一个伦理的箭垛。"他这几种理由，我们表示一部分的承认。大概屈原确是一个先秦时代有文学天才及文学作品的人，他的作品，在《楚辞》中，《离骚》是全部的作者。——因为有历史背景来证明——也是《九章》一部分的作者。《九歌》的产生，在屈原以前，或是南方民族神话的歌辞；屈原的作品中，很受他的影响。《招魂》《卜居》《渔父》三篇，大概是屈原同时的人摹仿屈原而作的。《大招》《远游》《天问》及《九章》的一部很像是汉人作的。

　　讲到屈原这个人的存在问题，我认为屈原是确有其人的。《文学大纲》说得好，见第七章（二九八）——"屈原的诗，与荷马及瓦尔米基的诗，截然不同。荷马他们的史诗，是民间的传诚❶的集合而成者；屈原的诗，则完全是抒写他自己的幽苦愁闷的情绪，带着极浓厚的个性在里面。所以荷马他们的史诗，我们可以说是零片集合而成；至于屈原的作品及自身，我们万不能说他是虚拟的人物。因为屈原的作品本来是融成一片的。如果说《离骚》等作品不是屈原做的，那么当公元前 340 年前至 280 年❷之间，必定另有一个大诗人去写作这些作品，然而除了屈原以外，那时还有哪一个大诗人出现"，这是很有力的辩护。

　　无论一种文学、一种思想的成熟，决

---

❶　应为"传承"。——编者注
❷　此处疑为"公元前 340 年至前 280 年"。

不是突如其来的，在他前一时期，必潜服❶的因缘。屈原固然在《楚辞》中可以算得一个代表作家，但《九歌》的，也许还在屈原的作品以前。王逸虽说："《九歌》者，屈原之所作也。"但我们拿科学方法去考证他，断定《九歌》是南方最古的民族文学，且《九歌》引文上明说："昔楚国南郢之邑，沅湘之间，其俗信鬼而好祠，其祠必作歌乐鼓舞，以乐诸神。"南方多水，山川纡徐，人心多思多疑，又因他得天独厚，饱暖无事，便把幻想寄托在鬼神身上。这《九歌》的用意很显明的，是南方祭神时候所歌唱的，所以他有：东皇太一、云中君、湘君、湘夫人、大司命、少司命、东君、河泊❷、山鬼、国殇、礼魂种种神道的名称，后来《离骚》文中有"启《九辩》与《九歌》

---

❶ "潜服"，今作"潜伏"。——编者注
❷ "河泊"，今作"河伯"。——编者注

兮","奏《九歌》而舞韶兮",《天问》
要面有"启棘宾商《九辩》《九歌》"这
种句子，都可以证明先有《九歌》，后有
《离骚》。所有《九章》《九辩》《九怀》
《九叹》《九思》，都是后人模仿《九歌》
的作品。

《楚辞》中的《天问》，所问各事，
都是原始自然界的神话，虽王逸说："屈
原放逐，忧心愁悴，彷徨山泽，经历陵
陆，嗟号旻天，仰天叹息。见楚有光王之
庙及公卿祠堂，图画天地山川，神灵琦玮
僪佹，及古圣贤、怪物、行事，周流罢
倦，休息其下。仰见图画，因书其壁，呵
而问之，以泄愤懑，舒写愁思。"其实在
那时代——尤其是信鬼神的楚国——对于
自然力的怀疑，而发生种种神话；在民间
传说，所谓先王之庙和公卿祠堂墙壁上，
往往画着这些神鬼故事，尽是极平常的事

体，既是神话，当然无可究诘的，亦大可以不问。屈原正在穷愁潦例❶的时候，还有什么闲心情来说这种废话？既说忧心愁悴，在呵问中间，竟可以借此发泄牢愁，何以《天问》全篇中，一无屈原的口吻，也全无发泄牢愁的口气。且当时书画工具未精，画壁、题壁皆是大困难的事体，即使有这一类画和这一种文，也不过是初民对于宇宙观的寄托。既无文学价值，尤与屈原无干。——全篇四言成句，更与《离骚》体裁大异。——我人今日拿或一种眼光去看《天问》篇，要在他里面看出古代历史的传说和古人对于宇宙的概念来，却是很有价值的作品了。但这也待用科学剥笋的方式去考证他，每一传说的原始，点出来才可以确定这篇文章的产生时代。

---

❶ 应为"潦倒"。——编者注

除《离骚》以外，那《九章》也确是屈原的作品。据王逸说："屈原放于江南之野，思君念国，忧心罔极，故复作《九章》。"朱熹却说："屈原思君念国，随事感触，辄形于声。后人辑之，得其《九章》的合为一卷，非必出于一时之言也。"朱的话较王的话近情理，因为我们今日读《九章》的词意，显系九篇独立的作品；我们细细分别他的时间，竟有相差颇远的。其中《怀沙》一篇，是屈原沉江时候作的，《哀郢》一篇，是初被顷襄王放逐时候作的；此外如《惜诵》《涉江》《抽思》《思美人》《惜枉日》❶《橘颂》《悲回风》七篇，各有各的时代，各有各的背景，不知后人为什么将他包括在《九章》一个题目之下？《史记》说："乃作《怀沙》之赋。"可见当时并没有《九章》

---

❶　"《惜枉日》"，当为"《惜往日》"。——编者注

的混合名称。《汉书·扬雄传》说："又旁《惜诵》以下至《怀沙》一卷，名曰《畔牢愁》。"也并没有《九章》的名称，因此我致疑《九章》的名称，是刘向定的，因为刘向是第一个集楚章的人。

归纳起来说，除《离骚》《九章》两部作品，我们今日能确定出于屈原以外，《九歌》产生的时代，却在屈原以前，专是佞鬼神的歌词；《天问》是写古代历史传说及宇宙观的杂词，与屈原绝不相干；此外还有《远游》一篇，据王逸说，也是屈原作的，但我们细读他的文思，却与《离骚》重出，更参杂了许多黄老的意味，不像是屈原的性格，大概是后人摹仿的作品。还有《卜居》《渔父》两篇，便直是魏晋散文的风格，在篇首，都有"屈原既放"四字，这显然不是本人的作品，而王逸却说也是屈原作的，真是奇怪。后

面还有《大招》一篇，王逸注"屈原所作也"，他又说："屈原放流九年，忧思烦乱，精神越散，与形离别，恐命将终，所行不遂，故愤然大招其魂。"但据清代林云铭说，是屈原招怀王之魂，所以加一大字。我们细读这篇文章，只是普通招魂的话，既看不出屈原自己招魂的口气，也看不出招襄王的口气。原来古代用女巫招魂——现在也有的——每次招魂总有一套刻板的词句，这所谓《大招》篇者，怕便是当时一班女巫招魂时候所念的普通词句了。

《楚辞》的名作家，第一个是屈原，第二个，却算宋玉了。我们只须听中国文学名词上"屈宋"二字常常连缀着说的，便可以知道宋玉这人在中国文学界上地位的重要了。宋玉也是楚国人，生在屈原自沉的前后，他死时楚国已经灭亡了。——《文学大纲》说："宋玉生于公元前二百九十年左右，死于公元前二百二十二年前。"——少年时候，在楚襄王末年做过文学待从官，专靠辞赋得到国王的欢心。他的历史，除从他的作品里看出一二来，此外没有材料可得。《史记》中有"屈原既死之后，楚有宋玉……好辞以赋见称，皆祖屈原之从容辞令，终莫敢直谏"。聊聊几句话，也无从看出宋玉的身世来。我们今日在《楚辞》中，找宋玉的作品，可靠的也只有《九辩》《招魂》二篇。《九辩》共有九段，王逸说："辩者，变也，谓陈道德以变说君也。"这便是不敢直谏的意思了。

据《汉书·艺文志》说：宋玉的作品共有十篇——称宋玉赋——除去采入《楚

❶ 应为"文学侍从官"。——编者注

辞》的两篇以外，采入《昭明文选》中的，还有《风赋》《高唐赋》《神女赋》《登徒子好色赋》四篇，采入《古文苑》中的有《笛赋》《大言赋》《小言赋》《讽赋》《钓赋》《舞赋》六篇，共十二篇。采入《文选》中的宋玉作品，比《楚辞》中《招魂》《九辩》的风格，要纤丽得多，怕不是出于一个时代的。况且《昭明文选》《古文苑》中所采入的宋玉赋十篇，赋中都有"宋玉""楚襄王"等名称，这显是后人记述的话。——如《卜居》《渔父》中的"屈原既放"活法一样。

宋玉作品，除上面所讲的以外，还有一篇杂文——便是宋玉《答楚王问》——《文心雕龙》对这篇杂文有几句介绍的话说道："智术之子，博雅之人，藻溢于辞，辞盈乎气。苑囿文情，故日新殊致。宋玉含才，颇亦负俗，始造对问，以由其志。放怀廖廓，气实使之。"文人托辞见意，原不拘拘于一体，此文或是真为宋玉所写，或是后人假托，都不可知。

现在我要结束对于《楚辞》介绍和批评的话了。《楚辞》与《诗经》不同，《楚辞》是文人心灵的结晶，是理想的假托，是自诉他的幽怀与愁郁——合得上丰富的情感、空灵的想象、幽婉的言词、自然的音韵四个条件——是要超出于现实社会混俗之流的，而不是民间自然的歌谣，与征夫或忧时者及关心当时政治与社会的扰乱者的叹声与愤呼声。所以我们在《楚辞》里面，不能得到如在《诗经》里所得到的同样的历史上的许多材料，但他在文学上的影响，已足占中国文学史中一个最高的地位，同时在世界文学宝库中，也能占到一个不朽的地位。——如荷马的叙

文学
小史

事诗一样。

我附带的再将中国古代南北方文学的性别和他的时代背景谈一谈。

中国古代南北文学，依着地理、历史自然的发展，北方文学产生在前，南方文学产生在后；北方文学产地，又以鲁国为代表，南方文学产地，则以楚国为代表。鲁国出了一个孔子，他集了北方文学的大成，他们的统系，是尧、舜、禹、汤、文、武、周公、孔子，他们文学的寄托，是在仁义二字。好好一部文学作品的《诗经》，他们也要给他戴上仁义的假面具。南方文学的创始家，却是老子以后，各派都脱不了老子的自然主义，而产生描写自然、歌诵自然的文学。他们处处与北方的文学站在反对的地位。——北方推崇尧舜，南方便要假托神农、黄帝。——北方思想守旧，他要保存古帝王的遗法，要回复周公旧制，所以成六经一派入世的著作。南方学识革新，要用他们的思想，既造人生观，回复到天道上面去。

从这上面受了影响，便形成此时南北文学对峙的局面。《诗经》是北方文学的代表，其地域不出今陕西、山东、河南、直隶、山西一带；而南方的楚国也成了文化充分发展的大国，《诗经》中不采入楚风，怕当时已有了南北的门户之见。——楚国地域，在今日江汉、荆湘、吴越、淮泗一带——屈、宋二人，为当时地域、时代自然的文学产儿。你看他的韵文的作风，直接老子。——老子"众人熙熙，如享太牢，如登春台；我独泊兮，其未兆，如婴儿之未孩"。

而《楚辞》的作风，又极似老子。

《楚辞》的作者，除创造的屈原以外，有宋玉、景差、庄忌、贾谊、淮南小山、朱买臣、王逸一辈，全是士大夫阶级的。但除屈、宋二人以外，全不是楚国时代的人，也不是楚国地方的人；他们的作楚辞，完全出于摹仿，讲不到文学的价值。要说到古代的南方文学，也只有屈宋二人的作品可读；他的所以成这样的作品，完全由于地方环境的影响。屈原的名著，我们知道是《离骚》，但《离骚》的作风，还是脱胎于《九歌》。《九歌》完全是当时祭神的巫歌。楚国地在长江中部，民族特性富于情感，信仰鬼神。他的文学中有很强的想象力，很婉转的情感，很美妙的言辞。所以屈原的作风，很深刻的感受了；以后一切南方的文学，也很深刻的感受了。